햇살 발자국

햇살 발자국

—

초판 1쇄   2014년 7월 30일
지은이   문영순
펴낸이   김영재
펴낸곳   책만드는집

—

주소   서울 마포구 양화로3길 99 4층 (121-887)
전화   3142-1585·6
팩스   336-8908
전자우편   chaekjip@naver.com
출판등록   1994년 1월 13일 제10-927호
ⓒ 문영순, 2014

—

ISBN   978-89-7944-486-5 (04810)
ISBN   978-89-7944-354-7 (세트)

책 만 드 는 집　시 인 선 0 5 5

햇살 발자국

문영순 시집

책만드는집

마음이란 만 가지 소리로 가득 찬 '만음萬音'이라고 했습니다.

이 소리를 제대로 보는 것, 즉 관음觀音을 위해 정진하는 사람이 어디 수도자뿐이겠습니까. 시인의 길도 마찬가지라는 생각입니다.

그런데 이 마음엔 '마음魔音'이 들어 있어 잠시만 방심하면 온갖 욕심과 우월감이 누룩처럼 부풀어 오른다 합니다. 초심으로 돌아가 진정하게 눈과 귀를 다 열고자 했으나 추스르지 못한 앞섶의 얼룩을 부끄럽게 펼칩니다.

−2014년 여름

문영순

| 차례 |

지금 몇 시인가

2부 햇살 발자국

4부 시외버스 정류장

1부
지금 몇 시인가

이제 나는

네 잎 행운 찾기 위해 세 잎 행복 버렸던가
문밖을 탐하다가 내 안의 등 꺼졌구나
휘황한 세상일들에 두 눈을 뺏긴 날들

올라가면 내려오고 내려오면 올라가는
길 위의 시간들은 뫼비우스 띠 같은 것
마음에 하늘을 들이고 재촉하지 않으련다.

지금 몇 시인가

사람만이 내일 일을
궁금해 한다는데

현재는 버려두고
지난 것에 집착하고

오늘은
바늘귀에 꿰는
명주실이 아닌가.

오십견을 만나다

목덜미를 움츠린다
원활하지 않은 혈류

어깨 위로 쏘다닌다
가시 손을 가진 듯이

갈수록 무거워지는
살아온 날의 나이.

다시 늦가을

바람에 흩날리는 창밖 은행잎에

누가 오시는가 옛 그림자 어른거린다

늦가을 낙엽이 되어 내 품에 들어온다

머그잔에 가득 담긴 커피가 식을 동안

가을은 그 향기에 시나브로 젖어오고

슬픔도 지나간 일은 그립게도 다가온다.

신호등 앞에서

젊은 날 내달렸던
파란불도 이젠 잠시

빨간불이 들어온다
그만 발이 묶인다

점멸등 깜박거리던
그때 일이 떠오른다.

시집 한 권

어수선한 헌책방에
나붙은 폐업 정리

저녁 장을 보려다가
장바구니 시집 한 권

눈으로 먹을 양식에
내 영혼이 부르다

곱게 앉은 먼지조차
정겹게 느껴지고

큰기침 소리 묻은
옛 선비를 뵈온 듯이

서재에 오롯이 앉아
옷깃 여며 읽는 밤.

수국

웃음이 통통하게 살이 오른 내 친구는

마음에 울타리를 치는 법 전혀 없이

언제나 함박웃음을 한 아름씩 피워놓는다.

가을 나이

한때는 정말이지 초록도 내 것이었다

구름과 찬 서리가 내 뜨락을 덮치더니

곰삭은 숨소리 같은 풀벌레가 울곤 한다.

회전목마

큰직한 약봉지를
넋을 놓고 바라본다

숨 가쁘게 내달려 온
헝클어진 시간들이

무엇을 찾고 있는가
눈썹 위에 달 지는데.

목마르다

물을 것도 바랄 것도
이제는 없습니다

이름을 불러줘도
대답할 수 없는 지금

입속에
마른 혀 한 장
속죄인 양 누웠습니다.

엄마와 딸

수술 후 몸을 덮은 갈잎 같은 천 조각
한 열흘 지났어도 내 모습 낯이 설다
가로등 들창 안으로 고개 갸웃 엿본다

야윈 내 손 잡고 선잠이 든 딸의 모습
머릿결 샴푸 향이 모정을 일깨운다
어디서 네가 왔느냐 금쪽같은 내 핏줄아

몽혼기

손끝에도 금 간 마음
무너져 내려앉아

눈을 떠도 눈 감아도
안개가 자욱하다

이 · 저승
갈림길인가
한 발 걸친 벼랑인가.

다짐

굳게 먹은 마음
다치지 않으려고

돌부리에 넘어져도
앞만 보고 달려왔네

후회는 하지 말자고
마음 절며 다시 걷네.

사는 일

사는 일이 버겁다고
빈 들에 소리치면

세찬 바람 불어와서
나를 온통 흔들어댄다

다시 또
앞섶 여미며
맨발로 가야 한다.

끈

바람처럼 떠났어도 마음은 두고 갔구나

속세 옷 벗을 적에 깊이 숨긴 인연의 끈

어느 날 헤집고 나와 마른 가슴 꽁꽁 묶네.

2부

햇살 발자국

꽃구름

꽃 채반
머리에 이고
봄 처녀 걸어간다

누구와
언약이기에
발걸음도 가벼울까

바람도
고운 사월은
하늘도 꽃밭이다.

동짓달 밤

묻어둔 밥그릇에 아랫목은 따뜻했다

개가 짖는 골목으로 발소리가 귀에 익다

불콰한 약주로 물든 아버지의 늦은 귀가.

고향 달빛

이십 촉 흐린 불빛
해진 양말 기워주던

어머니도 이젠 없는
내 고향 저 달빛이

어머니 젖물만 같다
그렇게 달큼하다.

꽃가루 수정

흰 나비 날아와서
꽃잎에 앉는구나

다가서면 날아갈까
이만치서 바라보는

꽃씨를 맺게 하는 것
사랑이란 이런 것.

홍시

새파랗던 그 젊음도
황혼빛 물이 들면

단단한 그 자존심
말캉말캉 만져지고

떫었던 마음도 거두며
너그러이 익는 거다.

낙엽 지다

너무 쉬운 이별인가
갈잎이 떨어진다

목이 쉰 바람들이
우우 몰려오고

부서진 몸 추스르며
지금은 떠나는 길

반절은 땅속 깊이
반절은 하늘 높이

비록 딴 세상에서
구르고 구를망정

비 되어 함박눈 되어
우리 다시 만나리.

풀꽃

한 쪽박 샘물을 떠 몸 맑히는 새벽 숲길

무심코 눈 마주친 이슬 먹은 풀꽃들이

는개 낀 골짝을 넘어 하늘 바라 흔들린다

이름 모를 저 꽃잎들 실바람을 어르는데

내 이름 불러줄 이 먼 산 넘어 찾아줄까

스치듯 맺은 인연이 마음에 길을 낸다.

고향 생각

바위 틈새 펑펑 솟는
옹달샘가 쪽박 하나

아직도 그 얼굴로
나를 기다릴까

다람쥐 뒷산 기슭에
철쭉꽃과 놀겠네.

백합

긴 목에 하얀 얼굴
네 마음이 궁금하다

고개를 숙인 듯이
하늘 향해 살짝 들고

성모님 옷자락 아래
밤을 지켜 피었구나.

제비꽃

잡초 속에 고개 들고
배시시 웃는 저 꽃

보랏빛 그 마음을
들킬까 숨죽이며

보일 듯 말 듯도 하다
길섶에 나앉은 꽃.

햇살 발자국

가슴속 회오리처럼 커피 물이 끓는 오후

반쯤 열린 창문으로 햇살이 들어왔다

한마디 말도 없었던 그 사람 발자국처럼

높고 낮은 차별 없이 골고루 밟고 서는

준 것은 이미 잊고 줄 것만을 생각하는

이 몸을 밟고 가시라, 환한 물 흠뻑 들게.

도라지꽃

당신이 나를 보고 곱다고 하시기에
나는 그저 높은 하늘 이고 있다 했지요
바람에 몸을 맡기고 아스라한 별빛 품고

당신이 나를 보고 말문을 트시길래
나는 그저 당신에게 시가 되고 싶었지요
유록빛 마음을 풀어놓은 수채화 같은 시.

숲 속 이야기

온몸에 이슬 담고 잎새들 살랑이며
맨발로 달려온다 천진한 아이처럼
그 모습 사랑스러워 가슴 가득 안았다

잘 왔다 반갑구나 지친 나를 맞아주는
그 품성 넉넉한 맘 닮고 싶은 소망 안고
싱그런 푸른 숲 속을 맨발로 걸어본다.

바람꽃

새벽녘 참새 소리 일주문을 넘어오면
단 공기 솔잎 내음 속 깊이 젖어온다
저 홀로 갈 길을 여는 바람으로 살리라

연초록 안개 속을 빗금 치는 사월 무늬
봄빛과 어우러져 휘파람을 불다가
이제야 두 눈을 씻고 열어간다, 사바세계.

노을 꽃

등골을 오싹 스쳐 여민 옷을 조여놓고
숨 가쁘게 돌아서서 멀어져 간 겨울 들녘
산 너머 노을 자락에 눈물 글썽이던 너

가던 길을 지워놓고 잎을 떨군 빈 가지에
깃 사린 겨울새가 빈 하늘을 울리네
허무한 계절의 노래 내 가슴에 물든다.

시詩에게

그대는 어찌 그리
속마음을 감추는지

아무리 두드려도
소식이 깜깜한데

발길은
돌릴 수 없는
절벽이다, 이 한밤

벼랑으로 몰고 가는
그 뜻이 무엇인가

막다른 목숨에서
솟구치는 그 꽃물을
오롯이 받아내라는
한차례 죽비인가.

3부
못다 한 말

가시나무새

벚꽃 비 흩날리는 사월 같은 나의 사람

언제나 눈 감으면 그 꽃잎이 쏟아져서

애끓는 꽃 울음 울며 뒤척이는 봄 한때.

그리운 날

바람 불어 나뭇잎이
춤이라도 추는 날엔

마음은 바람결 따라
창밖을 바장인다

하늘엔
조각구름이
그 얼굴로 떠 있다.

이정표

살며시 다가와서
빙그레 웃음 지으며

내 마음 움직이는
아름다운 이가 있다

온 마음
고스란히 담아
아낌없이 열어주는.

숭늉 맛

만나면 속 내음이
살며시 풍겨오는

마주치는 눈빛에도
오가는 말씀에도

가마솥
휘휘 돌아 온
구수함이 배어 있다.

못다 한 말

다 타버린 가슴이라 잿더미에 묻었더니
차마 끄지 못한 불씨 한 점 남았던가
어느 날 불화살 되어 활활 타는 가슴앓이

명치끝 아려오는 그리움은 살아 있다
아무 말도 못 한 사람 뜨거운 침묵만이
세월을 휘돌아 나와 내 등을 쓸어준다.

성체조배

먼 길 돌아 지친 이 몸
잠시 쉬는 안식처

저녁 무렵 주님 향해
조용히 다가앉네

그 눈빛
지친 영혼에
단비처럼 적셔온다.

주님 말씀

당신이 나를 보고 사랑한다 하시기에
가슴에 손을 얹고 십자가만 바라봅니다
이렇게 얼룩진 마음 보혈로 닦고 싶어

당신이 나를 보고 잘못했다 하시기에
당신의 옷자락 밑 무릎 꿇고 웁니다
먹먹한 가슴 가득히 차오르는 음성 들으며.

헛바퀴만 돈다

주님 발자국만
짚어가며 따르리라

마음의 회초리를
꼭 쥐고 있었건만

한계를 벗지 못하고
언제나 헛바퀴다

마음속 빈 곳 없이
너무 많이 채워진 나

주님 사랑 들여놓을
쪽방 하나 없는 이 몸

버리고 살라는 말씀
눈도 귀도 멀었던가.

대문 없는 집

넓은 들 필봉산 옆
고즈넉한 부활성당

십자가 꼭대기에
산까치 울어쌓고

고단한 영혼의 쉼터
봄빛 먼저 오시는 곳

발간 아침 햇살
창문에 스며들 때

접은 무릎 굳게 펴고
다시 일어나라고

성모님 가슴을 열어
넉넉하게 안아주신다.

지인이

꽃 꿈을 가득 안고
내 뜰에 핀 채송화

오물오물 빨간 입술
무슨 말 할 것 같은

제 어미
갓 낳은 모습이
어제인 듯 보인다.

웃음, 꽃

엉금엉금 기어 와서
젖 한 모금 받아먹고

방글방글 웃다가도
씽긋씽긋 저 예쁜 짓

고 작은 손녀 웃음에
할머니도 꽃이 된다.

낮은 목소리

한 번도 피지 못한 채 산산조각 부서진 꿈
열두 살 조선 소녀 입 꽉 물고 두 손 쥐고
중학동 일본 대사관 망연히 바라본다

어깨 위 새 한 마리 가슴에 나비 환생
새로운 생명으로 다시 태어나고 싶어
빈 의자 꽃다발 하나 그 기도가 길고 길다

끝내 눈 못 감을 그 만행 쇠사슬이
세월의 갈피마다 녹이 슬어 쌓이는데
공허한 역사의 외침 낮은 자여 일어나라.

하늘길

목메는 이승 언덕 어머니가 넘으신다

살아 오른 비탈진 산 지팡이도 하나 없이

잠이 든 산자락 깨워 하늘길 떠나신다

때 이른 봄 기슭에 뜬구름 뉘어놓고

꿰매 입은 구십 평생 차곡차곡 개켜놓고

꼭 잡은 우리 손도 놓고 하늘 문을 여신다.

얼룩

깔끔하게 접지 못해
미련뿐인 이별 뒷맛

우리고 헹궈내도
달라붙는 오해 줄기

끝끝내 지워지지 않는
그 눈빛 어이할까.

쪽빛 구름

논둑길을 걸어가니
추억이 밟힙니다

그날 하늘에 뜬
쪽빛 구름 바라보며

말없이 입술 깨물던
그 얼굴이 밟힙니다.

눈 내리는 오후

하늘 문이 열리면서
함박눈이 쏟아집니다

눈송이가 나풀거리며
당신 얼굴 그립니다

참으로 많은 시간들
쌓이고 쌓입니다

긴긴 날 달아오른
그 사랑도 번민인 것

저 눈 속에 할퀴어진
바람이 눕습니다

이제는 순백의 웃음을
당신이라 여깁니다.

4부

시외버스 정류장

봄의 얼굴

유행 따라 몸치장한
저 노란 개나리꽃

봄 내음 미리 맡고
꽃망울도 눈을 뜬다

바람도 현을 켜는지
한 옥타브 올라간다.

잿빛 하늘 걸치고

빈 가지로 손 내미는 숲 속 길을 걷다 보면
밑둥을 덮은 낙엽 온기가 느껴진다
나목이 화폭을 받치고 여백으로 환하다

겨울이 서걱대며 안개를 뿜어대니
또 하루가 몸 일으켜 잿빛 하늘 펼쳐 든다
겨울은 빈 그릇인가 담아둘 무엇도 없네.

하현下弦에게

닫힌 창 틈으로 달빛이 스며든다
먹빛 밤하늘에 별을 총총 띄워놓고
흐르는 구름 사이로 내비치는 반쪽 달

이 밤에 나를 찾아 따라 나온 저 얼굴이
말없이 내 마음을 어루만져 다독인다
너와 나 어느 먼 옛날 손잡은 적 있었던가.

시외버스 정류장

뚜벅뚜벅 앞만 보고 걸어가는 뒷모습을

실눈 뜨고 바라보는 그것도 외로운 일

구두코 툭, 돌을 차면 마음 먼저 곤두박질

팻말 앞에 먼저 오신 바람이 지나가고

구름이 버스보다 먼저 와서 둥실 뜨고

바라본 차표 한 장은 추억처럼 접혔다.

수몰 지구

퍼런 물에 잠겨버린 섬이 된 마을 있네
어느새 산 중턱은 허리 잘려 새 길 나고
물속엔 고샅 내달리며 뛰어놀던 정든 골목

누대를 이어가며 정붙이고 살던 그 땅
들꽃처럼 모여 살던 작은 마을 흔적 없고
말없이 눈 뜬 물빛만 서글프게 바라보네

앞뒷집 살던 이웃 안부가 궁금하다
지금은 어느 하늘 밑 어떻게들 살고 있나
고향은 물속에 두고 구름 한 장 이고 왔다.

가을 마중

맑게 닦인 풍경 속에 새털구름 눈부시다

가을이 하늘 몰래 돌담을 넘었나 봐

한바탕 구름 새들이 하늘을 밀고 간다.

호숫가에서

바람은 자근자근 물살을 간질이며
물오리 날개 끝에 동그마니 앉아 있고
나직한 동산 숲 속에 애기똥풀 숨어 있다

노송의 머리에는 한가한 까치 소리
호숫가 수양버들 뒷모습이 어여쁘다
얌전히 돌아서 앉은 큰딸아이 꼭 닮았다.

마음 유랑

가늠할 길이 없는
내 마음 보고 싶다

한없이 둥글다가
갑자기 뾰족해지는

빛 바른 능선을 타도
내일 일이 두렵다.

어린 날에

신작로 길섶에는 늘어선 미루나무
초등학교 미술 시간은 앞산이 모델인데
지금도 그 화판 위에 깔깔대는 단발머리

꽃밭 울타리에 나팔꽃이 한창이고
선생님 풍금 소리 참새 떼가 먼저 짹짹
이름만 떠올려 봐도 애틋하다, 그 친구들.

바위

화들짝 달려가도
온 사방 기척 없다

봄바람 훈기 먹고
소식도 올 만한데

그 자리 묵묵히 앉아
굳은 입만 여물었다.

검정 고무신

가만히 들어본다 맑은 개울물 소리를

돌멩이 들쳐보니 올갱이가 오롯하고

어릴 적 신발 속에는 추억들이 숨어 있다.

냉이꽃

까치고개 넘어서면 내가 살던 새별동네
감나무 한 그루씩 서 있는 초가집들
대대로 살붙이처럼 살아온 산골짜기

지금은 어디에서 오종종 피어 있나
눈 감으면 떠오르는 숙이랑 종안이랑
앞서 간 시간을 불러 소식을 물어본다.

꿈이 깨어

뒤숭숭한 꿈속에서
한밤중 깨어난 뒤

댓잎이 서걱대는
소리를 들어본다

에워싼 속박을 풀 듯
밤바람의 날갯짓

부엉이 애절하게
산허리를 맴돌다 가고

달빛 옷 입고 앉아
두 손을 모으는 밤

은하수 정수리로 길어
흐린 눈을 헹궈낸다.

기도

모난 가슴 다듬으며 일체망상 다 떨군다
조각난 부스러기 내 소유가 아닌 것을
지천명 지나고서야 이제 겨우 알겠네

뒷마루에 걸터앉아 석양을 바라보니
가는 해 오는 달이 저만치 겉돌아도
모난 곳 하나도 없이 둥글어만 보인다.

낮달 같은

자욱한 안개 속에 감감히 멀어져 간
그대에게 가는 길이 길 없는 길인 줄은
가눌 수 없는 마음결 마른바람 불어온다

평행선 철길처럼 시간 속에 내려와서
내 영혼 손을 잡고 하늘길로 가는 그대
벼랑 끝 허공만 같은, 홀로 뜬 낮달 같은.

앵두

봄밤 뜰을 밝히는
하얀 꽃 한 무더기

지나가는 바람결에
먼 데 소식 물어보다

앞섶을 열뜨려놓고
온 밤을 나, 젖어 드네

까치발 높이 세워
돌담가를 엿보다가

붉어서 더는 못 울
목울음을 삼키다가

별들이 눈뜨기 전에
그 입술에 입 맞춘다.

어떤 훈장

한때는 박꽃처럼 소담했던 얼굴인데

시간이 눈금을 그어 자리매김했던 걸까

눈가에 이는 잔물결 살아온 날의 이력.

시간 속의 삶, 시간 밖의 삶

황치복 **교수·문학평론가**

1. 실존적 삶의 모습

문영순의 세 번째 시조집인『햇살 발자국』에는 시인의 사소한 일상적 삶의 모습에서부터 시간에 대한 철학적 사유까지 다양한 모습이 담겨 있다. 시의 형식은 담백하고, 시적 태도 또한 정갈하기 그지없다. 그러나 소박하고 담담한 어조 속에는 시인의 고요히 들끓는 소망과 삶에 대한 강렬한 염원이 숨어 있다. 버거운 일상적 삶을 가치 있는 삶으로 변화시키기 위한 열망, 타인과 관계를 맺으며 살아가는 삶의 어려움 등의 실존적 조건에 대한 시인의 관심이 다양한 작품에 짙게 투영되어 있는 것이다. 한편 시대와 역사에 대한 관심, 그리고 종교적 구원에 대한 관심 등도 시편 곳곳에 편재해 있다. 하지만 이번 시집에서 가장 주목되는 점은 시간에 대한 시인의 강박관념이다. 살아온 시간의 무게를 헤아리기도 하고, 얼마 남지 않은 시간의 한계를 가늠하기도 하면서 시인은 시간이 그려내는 다양한 마음의 무늬를 표현하고 있다. 시간에 대한 관심은 삶의 절박감에서 오는 현상으로, 실존적 자각은 시인으로 하여금 자신의 주변을 둘러싸고 있는 사물과 대상에 대해 생동감을 느끼도록 한다. 그리고 다양한 시간 여행을 하도록 하는데, 시인은 과거의 풍요로웠던 시간으로 돌아가 보기도 하고, 미래의 다가올 시간의 모습을 상상하기도 한다.

이처럼 시간에 대한 시인의 관심이 이 시조집의 가장 중요한 초점이자 성과라고 할 수 있는데, 시간에 대한 고찰이 삶의 성찰로 이어질 뿐만 아니라, 시인으로 하여금 사유의 깊이를 담보하도록 해주기 때문이다. 시간에 대한 성찰은 과거의 시간을 풍요롭게 복원하기도 하지만, 무엇보다 중요한 것은 앞으로 살아갈 시간의 바람직한 삶의 자세와 관점에 대한 깨달음으로 이어지고 있다는 점이다. 시간에 대한 관심은 시인에게 삶에 대한 강박관념을 강요하기는커녕 삶의 질곡과 집착에서 벗어날 수 있는 해방의 가능성으로 작용하는 것이다. 그렇기 때문에 시인에게 시간에 대한 성찰은 사유의 깊

이와 공감의 확대를 가져오는 중요한 매개물이 될 수 있다. 박꽃처럼 은은하고 담백한 아름다움 속에 잔잔한 삶의 고백과 성찰이 스며 있는 그녀의 시조 속으로 들어가 보자.

　　사는 일이 버겁다고
　　빈 들에 소리치면

　　세찬 바람 불어와서
　　나를 온통 흔들어댄다

　　다시 또
　　앞섶 여미며
　　맨발로 가야 한다.
　　　　　　－「사는 일」 전문

　삶에 대한 시인의 관점과 태도를 확인할 수 있는 작품이다. 시인에게 삶은 버거운 것인데, 삶을 더욱 힘들게 하는 것은 그러한 어려움을 하소연할 곳이 "빈 들"밖에 없다는 것이다. 빈 들이기에 어려움을 호소해도 돌아오는 것은 "세찬 바람"뿐이며, 그것은 시적 자아를 더욱 "흔들어댄다". 마음의 버팀목이 되어줄 아무것도 없는 상황에서 버거운 현실은 온전히 시적 자아가 감당해야 할 운명이자 삶의 무게가 된다. 그리하여 시적 자아는 "다시 또 / 앞섶 여미며 / 맨발로 가야 한다"고 다짐한다. 빈 들밖에 하소연할 곳이 없는 시적 자아는 내면으로 눈을 돌려 의지를 새롭게 다지는 수밖에는 달리 뚜렷한 전망을 지니고 있지 못한 것이다. 그리고 앞으로 나아가야 하는데, 시적 자아는 역시 "맨발"밖에 가지고 있지 않다. "빈 들"과 "맨발"이라는 시어들이 시적 자아가 처한 삶의 실존적 상황을 적나라하게 드러내고 있다. 헐벗고 고독한 길을 걸어가야 하는 것이 "사는 일"이라는 시인의 내면 의식이 선명히 드러나고 있다. 게다가 시간은 시적 자아를 좀먹어 들어가고 있다.

큼직한 약봉지를
넋을 놓고 바라본다

숨 가쁘게 내달려 온
헝클어진 시간들이

무엇을 찾고 있는가

눈썹 위에 달 지는데.

　　　　　　　　　　－「회전목마」전문

　"큼직한 약봉지"가 삶의 조건을 여실히 보여주고 있다. 시간의 침식작용에 의해 육체가 마모되고 있다는 것, 그래서 그 마모된 육체로는 오래 버티기 힘들 것이라는 사실들이 잠잠하게 암시되고 있는 것이다. 약봉지로 몸을 달래며 살게 된 것은 "숨 가쁘게 내달려 온 / 헝클어진 시간" 때문이다. 시인은 이제 "한때는 정말이지 초록도 내 것이었"지만, "구름과 찬 서리가 내 뜨락을 덮치더니 // 곰삭은 숨소리 같은 풀벌레가 울곤"(「가을 나이」) 하는 노년의 내리막길을 걷고 있는 것이다. 하지만 이처럼 "눈썹 위에 달 지는" 삶을 살아가면서도 "숨 가쁘게 내달려 온 / 헝클어진 시간들"은 관성의 법칙에 따라 무엇인가를 찾으며 방황하고 있다. 눈썹 위에 달이 지는 절대적인 조건에 대한 관심보다는 하루하루의 욕망에 충실하여 그러한 거대한 몰락의 과정을 직시하지 못하고 있는 것이다. 이러한 실존적 조건에서 시인이 절대자에 의존하여 구원을 얻으려고 하는 것은 당연한 삶의 순리일 것이다.

　　주님 발자국만

짚어가며 따르리라

마음의 회초리를
꼭 쥐고 있었건만

한계를 벗지 못하고
언제나 헛바퀴다

마음속 빈 곳 없이
너무 많이 채워진 나

주님 사랑 들여놓을
쪽방 하나 없는 이 몸

버리고 살라는 말씀
눈도 귀도 멀었던가.
　　―「헛바퀴만 돈다」 전문

　종교의 세계에 귀의하는 것은 세속의 번뇌를 끊기 위함이다. 하지만 세속의 번뇌를 끊는 것은 단순히 종교에 의지한다고 해서 성취되는 것은 아니다. 번뇌로부터의 해탈은 종교적 가르침을 따르겠다는 결단과 그것의 실천을 통해서 이루어지는 것이다. 하지만 유한한 인간이 종교적 가르침을 온전히 실천하는 것은 지난한 일이다. 유한한 인간의 "한계"로 인해서 항상 결심하고 실패하며, 후회하는 행위를 되풀이하는 "언제나 헛바퀴"인 삶을 살아가는 것이 세속적 인간의 일반적인 삶의 패턴인 셈이다. 이처럼 결심하고 염원하면서도 "언제나 헛바퀴"인 삶을 살아갈 수밖에 없는 것은 욕망 때문이다. 시인의 생각에 의하면 "마음속"이 "빈 곳 없이 / 너무 많이 채워"졌기 때문에 "주님 사랑 들여놓을" 여유가 없는 것이다. 그리하여 시적 자아는 "언제나 헛바퀴"인 삶을 살아가면서 "버리고 살라는 말씀"을 실천할 것만을 다짐한다. 하지만 일상의 욕망으로 "눈도 귀도 멀"어버린 상황에서 그러한 실천이 용이할 리 없다. 지극히 세속적인 인간으로서 시적 자아는 이리저리 부대끼며 살아갈 수밖에 없는 한계상황에 처해 있는 것이다. 시인은 이처럼 고통스러운 삶을 벗어나기 위해서 세속을 초월하여 속세의 일을 잊어버리고자 하기도 한다. 하지만 그것도 쉬운 일은 아니다.

바람처럼 떠났어도 마음은 두고 갔구나

속세 옷 벗을 적에 깊이 숨긴 인연의 끈

어느 날 헤집고 나와 마른 가슴 꽁꽁 묶네.

 ―「끈」 전문

 세속을 초월하는 것은 쉽지 않다. "바람처럼 떠났어도 마음은 두고" 갈 수밖에 없고, "속세 옷 벗을 적에 깊이 숨긴 인연의 끈"은 언제든 "헤집고 나와" 속세의 "마른 가슴"을 "꽁꽁 묶"곤 한다. "빈 들"에 호소하며 "맨발"로 가야 하는 이승의 외로운 실존적 삶, 그리고 "헝클어진 시간들"이 "큼직한 약봉지"를 마련하는 시간 속의 삶은 허망하고 처량하기 그지없다. 종교적 구원에 대한 갈망 또한 유한한 욕망적 존재로서의 인간에게 쉽게 도달할 수 있는 성질의 것이 아니다. 세속을 벗어나고자 하는 초월에의 욕망 또한 땅에 발을 딛고서 살아가는 오욕칠정에 사로잡힌 인간에게 허용되기 어려운 것이다. 시인은 이와 같은 삶의 실존적 조건에 대한 인식을 간직하고 있다. 그렇다면 해방의 탈출구는 없는 것일까? 비루하고 처량한 삶의 조건에서 동양인들은 자연을 대안으로 상정하곤 했다. 자연은 종교와 또 다른 차원에서 현실적 존재의 질곡과 번뇌를 해소해줄 수 있는 다른 대안적 길로 상정되곤 했던 것이다. 하지만 시인에게 자연은 지극히 인간적인 성정性情을 야기하는 인간적인 자연이라는 점에서 절반의 해방만을 가져다줄 뿐이다.

2. 자연, 세속의 또 다른 모습

흰 나비 날아와서
꽃잎에 앉는구나

다가서면 날아갈까
이만치서 바라보는

꽃씨를 맺게 하는 것
사랑이란 이런 것.
―「꽃가루 수정」 전문

"흰 나비"가 날아서 "꽃잎에 앉는" 것은 물론 꿀을 얻기 위한 것이다. 하지만 시인에게 그러한 행위는 단순히 꿀을 채취하기 위한 노동이 아니라 "꽃씨를 맺게 하는" "사랑"의 행위로 해석된다. 물론 나비의 채밀採蜜 행위가 "꽃가루 수정"을 초래하고, 그것이 결국 열매인 씨앗을 맺게 한다는 점에서 그것은 인간의 사랑 행위와 닮아 있다. 하지만 중요한 것은 나비의 그러한 행동을 인격화해서 "사랑"으로 해석하고 있다는 점에서 시인의 자연에 대한 태도를 읽어낼 수 있다는 점이다. 시인에게 자연은 인간 삶에 대한 하나의 메타포로서 의미망을 형성하고 있는 것이다.

시적 자아는 나비의 채밀 행위를 신성한 사랑으로 해석하기에 "다가서면 날아갈까 / 이만치서 바라보는" 신중한 태도를 취한다. 생명을 잉태하는 것이기에 시적 자아는 나비의 사랑 행위에 대해 조심스러운 태도를 취하는 것이다. 자연을 통해서 시인은 인간적 사랑의 의미를 되새기면서 생명의 잉태라는 사랑의 행위가 초래하는 결과에 대해서 경의를 표하고 있는 것이다. 따라서 이 작품에서 자연은 인간화된 자연으로서, 사랑과 생명의 원천과 같은 역할을 하고 있는 셈이다.

닫힌 창 틈으로 달빛이 스며든다
먹빛 밤하늘에 별을 총총 띄워놓고
흐르는 구름 사이로 내비치는 반쪽 달

이 밤에 나를 찾아 따라 나온 저 얼굴이

말없이 내 마음을 어루만져 다독인다

너와 나 어느 먼 옛날 손잡은 적 있었던가.

　　　　　　　—「하현下弦에게」 전문

　자연과의 교감을 노래하고 있는 작품이다. 어두운 밤에 창
틈으로 스며드는 반달의 달빛을 보며 시적 자아는 위로를 얻
는다. 스며드는 달빛을 통해 위안을 얻는 시적 자아의 모습
은 그만큼 고독한 상황에 있다는 것을 우회적으로 강조하지
만, 그럼에도 불구하고 달빛은 시적 자아에게 위안의 원천이
되고 있다는 점이 중요하다. 고독한 자아를 위로해주는 반달
은 먼 과거의 인연을 암시해주는 표지이기 때문이다. 시적
자아는 창틈으로 스며드는 달빛이 "말없이 내 마음을 어루만
져 다독인다"고 느낀다. 달빛은 외로운 시인에게 정감적인
존재로서 연민과 공감의 정서로 다가오고 있는 것이다. 이러
한 공감으로 인해서 시적 자아는 반달에 대해서 "너와 나 어
느 먼 옛날 손잡은 적 있었던가"라고 하면서 과거의 먼 인연
을 상정한다. 자연은 인간과 분리된 독립된 장의 계열이 아
니라 하나의 인연으로 묶인 운명 공동체와 같은 관계를 형성
하는 계기인 셈이다. 다음 작품에서도 자연은 과거의 추억을

환기하는 대상으로서 인간적 색채를 띠고 있다.

하늘 문이 열리면서
함박눈이 쏟아집니다

눈송이가 나풀거리며
당신 얼굴 그립니다

참으로 많은 시간들
쌓이고 쌓입니다

긴긴 날 달아오른
그 사랑도 번민인 것

저 눈 속에 할퀴어진
바람이 눕습니다

이제는 순백의 웃음을
당신이라 여깁니다.
―「눈 내리는 오후」 전문

"하늘 문이 열리면서" 쏟아지는 "함박눈"은 단순히 하늘에서 떨어지는 물의 응결체가 아니라 "당신 얼굴"이기도 하고, "쌓이고 쌓"인 "시간들"이기도 하다. 내려 쌓이는 눈이 "쌓이고 쌓"인 "시간들"이라는 시적 진술은 눈이 과거의 시간을 환기하면서 내리고 있음을 의미한다. 눈은 시적 자아를 과거의 시간, "당신 얼굴"이 있는 과거의 시간으로 데려다 준다. 그런 점에서 쏟아지는 "함박눈"은 시적 자아에게 과거의 시간으로 거슬러 올라가도록 하는 매개물인 셈이다. "당신 얼굴"이 있는 과거의 시간은 그러나 결코 행복한 것만은 아니다. 그 시간 속에는 오랜 시간 동안 고통스러웠던 사랑의 번민이 있고, 그러한 사랑의 번민으로 인해서 "할퀴어진" 상처가 담겨 있다. 하지만 자연이 신비로운 것은 그러한 고통을 치유하고 그것을 아름다운 추억으로 변화시킨다는 점이다. 어쩌면 그것은 자연이 아니라 시간의 작용이라는 표현이 더욱 정확할지 모른다. 어쨌든 시적 자아는 "당신"을 연상시키는 눈을 보면서 "순백의 웃음"을 보게 된다. 자연은 서정의 한 계기로 작용하면서 시인에게 과거의 상처를 치유하고 그것을 아름답게 변모시키는 매개물로 수용되고 있음을 확인할 수 있다. 다음 작품도 자연이 과거의 시간으로 연결되는 시인의 독특한 상상력을 보여준다.

까치고개 넘어서면 내가 살던 새별동네
감나무 한 그루씩 서 있는 초가집들
대대로 살붙이처럼 살아온 산골짜기

지금은 어디에서 오종종 피어 있나
눈 감으면 떠오르는 숙이랑 종안이랑
앞서 간 시간을 불러 소식을 물어본다.
　　　　　　　　　　　　—「냉이꽃」전문

　길섶에 피어 있는 냉이꽃은 단순한 자연물로 그치는 것이
아니라 과거의 시간을 불러오고, 과거 시간 속의 삶의 터전
과 그 속의 어린 시절 친구들을 환기하는 역할을 한다. 시적
문맥에서 생략되어 있기는 하지만 시적 자아는 길섶에 피어
있는 냉이꽃을 보면서 유년 시절의 "새별동네"를 상상하고,
친근한 "감나무"가 무성했던 "초가집들"을 떠올리며, 마을을
둘러싸고 있던 "산골짜기"를 불러낸다. 냉이꽃은 과거의 시
간과 공간을 열어젖히는 하나의 상상적 문과 같은 역할을 하
고 있는 셈이다. 그처럼 열어젖혀 진 시공에서 시적 자아는
어린 시절을 같이 보냈던 "숙이랑 종안이"를 발견한다. 냉이
꽃은 어린 시절을 함께 보낸 친구들의 모습을 환유하는 존재

들이며, 현재도 어딘가에 냉이꽃으로 피어 있을 성년의 "숙이랑 종안이"를 환유하는 대상이다. 시적 자아는 냉이꽃을 통해 과거의 시간으로 되돌아가 있기에 "앞서 간 시간을 불러" 현재의 "숙이랑 종안이"의 소식을 "물어본다". 냉이꽃은 시적 자아를 과거로 회귀하도록 하고, 과거의 시간 속에서 다시 현재의 변화에 대해서 궁금증을 품도록 한다. 냉이꽃은 자연스럽게 시간 여행을 하도록 이끄는 매개물인 셈이다.

지금까지 살펴본 것처럼 시인에게 자연은 지극히 인격화된 존재로서 인간적 정서를 대변해주는 존재일 뿐만 아니라 인간과 상호 관계를 형성하는 교감의 존재이기도 하다. 특히 시인에게 자연은 시간 여행을 감행하도록 하는 매개물로 작용하고 있으며, 과거의 시간을 복원하는 계기로 작용하기도 한다는 점을 확인할 수 있었다. 이러한 과거 시간에 대한 복원적 성격으로 인해서 자연은 질병과 고독으로 점철된 실존적 삶의 조건에 대한 하나의 대안이 될 수 있을지 모른다. 하지만 그것은 과거와 고향에 대한 향수를 달래주는 일회적인 차원의 것으로서 근본적인 해결책이라 하기 어렵다. 문영순 시인의 고독과 질병, 탐욕과 집착과 같은 실존적 고뇌의 현실적 해방은 시간에 대한 성찰을 통해 이루어지고 있다. 그렇다면 이제 본격적으로 시간에 대한 시인의 생각으로 들어가 보자.

3. 시간 속의 삶, 시간 밖의 삶

한때는 박꽃처럼 소담했던 얼굴인데

시간이 눈금을 그어 자리매김했던 걸까

눈가에 이는 잔물결 살아온 날의 이력.
―「어떤 훈장」전문

시간은 모든 존재를 졸아들게 하고, 부식시키고, 몰락하게 하는 파괴적인 힘을 지니고 있다. 그것은 항구적인 지속성을 파괴하고 모든 존재를 찰나적 존재로 전락하게 만드는 가공할 만한 파괴력으로 존재하는 것이다. 시인에게도 시간은 존재를 좀먹는 파괴적인 힘으로 인식되고 있다. 시간의 파괴력으로 인해 "한때는 박꽃처럼 소담했던 얼굴"은 "눈가에 이는 잔물결"로 바뀌게 된다. 그러한 변화의 동인으로 '시간의 눈금'이 자리 잡고 있다. 시간은 생기 있고 탄력 있던 얼굴에 눈금을 그어 수많은 "잔물결"들을 새겨 넣은 것이다. 하지만 시적 자아는 그러한 "잔물결"에 대해서 "어떤 훈장"이라고 명명하면서 자부심을 표출하고 있다. 그러한 명명은 시간의

파괴적인 작용을 잘 견뎌낸 자신의 삶에 대한 위안의 표현일
수도 있고, 시간의 축적으로 인해서 완성을 향해 나아가고
있는 인생에 대한 자부심일 수도 있다. 어쨌든 중요한 점은
시인이 시간의 파괴적인 작용에 대해서 부정적인 태도를 취
하는 대신 어떤 가치와 의미를 발견하려고 하고 있다는 점이
다. 시간에 대한 이러한 시적 자아의 태도는 매우 중요한 의
미를 지니는데, 그것은 시간을 부정적인 것으로 매도하지 않
고 거기에서 우러나오는 인생의 의미와 가치를 성찰하도록
시인을 이끌기 때문이다.

　　바람에 흩날리는 창밖 은행잎에

　　누가 오시는가 옛 그림자 어른거린다

　　늦가을 낙엽이 되어 내 품에 들어온다
　　―「다시 늦가을」 부분

　"늦가을"은 1년 중에서 시간의 흐름이 가장 투명하게 보
이는 계절인지도 모른다. 낙엽이 지고 쌀쌀한 바람이 불어오
면서 겨울을 예비한다. 시간의 흐름이 주변 사물의 변화를

통해 가장 생생하게 부각되는 시절일 수 있는 것이다. 시적 자아는 이러한 늦가을을 맞이하여 문득 다가오는 "옛 그림 자"를 본다. "옛 그림자"는 "늦가을 낙엽이 되어" 시적 자아의 품속으로 들어온다. 상실과 조락의 계절인 늦가을은 가장 쓸쓸한 시절이다. 그처럼 쓸쓸한 계절이기에 늦가을은 역설 적으로 따스한 과거의 시간을 불러온다. 시적 자아는 "옛 그 림자"를 지칭해서 "누가 오시는가"라고 인격적으로 표현하고 있는데, 그렇기 때문에 "옛 그림자"는 시적 자아의 품속으로 들어오는 그리움의 대상이 된다. 늦가을은 유수와 같은 시간의 흐름을 보여주면서도 역설적으로 과거의 포근했던 시간을 불러오는 이중적인 작용을 하고 있는 셈이다. 시인은 늦가을의 시간이 불러오는 후자의 작용에 대해서 주목하고 있다. 하지만 역시 시간은 상실과 조락의 작용이라는 점에서 시적 자아에게 위협적인 것임에는 틀림이 없다.

등골을 오싹 스쳐 여민 옷을 조여놓고
숨 가쁘게 돌아서서 멀어져 간 겨울 들녘
산 너머 노을 자락에 눈물 글썽이던 너

가던 길을 지워놓고 잎을 떨군 빈 가지에

깃 사린 겨울새가 빈 하늘을 울리네
허무한 계절의 노래 내 가슴에 물든다.
　　―「노을 꽃」전문

　겨울 들녘 너머로 아름답게 피어 있는 "노을 꽃"은 조락과 소멸로 인한 상실감의 정서를 자아낸다. 그리하여 "겨울 들녘" 너머의 "노을"은 세상을 텅 비게 하는데, "잎을 떨군 빈 가지"라든가 "빈 하늘" 등의 시어들이 이와 같은 공허한 세상의 실상을 대변해주고 있다. 물론 이러한 시어들은 시적 자아의 공허감과 적막감을 강화하는 역할을 한다. 그런데 더욱 중요한 것은 "겨울 들녘"이나 "노을"은 길을 없애버리는 역할을 한다는 점이다. 시적 논리에 의하면 "겨울 들녘"은 "숨 가쁘게 돌아서서 멀어져" 가버린다. "빈 가지" 또한 "가던 길을 지워놓고 잎을 떨"구고 있는데, 그로 인해서 겨울새는 깃을 사리고 "빈 하늘을 울리"고 있다. 이러한 상황들은 시적 자아로 하여금 "허무한 계절의 노래 내 가슴에 물든다"라고 고백하게 만든다. "겨울 들녘"이나 "노을" 등은 지금까지 숨 가쁘게 달려왔던 시적 자아로 하여금 문득 길을 잃고 방황하도록 하는 것이다.

　시인의 삶은 시간 속의 삶이라고 할 수 있다. 시간의 흐름에 쫓겨 숨 가쁘게 달려온 인생의 길이 갑자기 "겨울 들녘"과 "노을"에 도달해서 갑자기 끊기고 만다. 사라진 길 때문에 시인은 텅 빈 세상을 자각하게 되고 "허무한 계절의 노래"를 듣게 된다. 시간 속의 삶이란 결국 이와 같이 시간의 흐름에 떠밀려 끊긴 길 위를 질주하는 것과 다르지 않다. 파국을 향해 달리는 기관차처럼 끊긴 길 위를 질주해야 하는 것이 유한한 인간의 인생인지도 모른다. 시인은 "겨울 들녘"과 "노을"이 상징하고 있는 시간에 대한 사유를 통해서 이러한 인생에 대한 성찰에 도달하고 있다. 이러한 성찰은 시간 밖의 삶, 혹은 길 밖의 길에 대한 사유로 이어진다.

자욱한 안개 속에 감감히 멀어져 간
그대에게 가는 길이 길 없는 길인 줄은
가늠 수 없는 마음결 마른바람 불어온다

평행선 철길처럼 시간 속에 내려와서
내 영혼 손을 잡고 하늘길로 가는 그대
벼랑 끝 허공만 같은, 홀로 뜬 낮달 같은.
―「낮달 같은」 전문

시적 자아가 주목하는 "길 없는 길"은 "벼랑 끝 허공"과 같은 길로서 "평행선 철길"과 같은 시간 속의 길에서 벗어나 "하늘길"로 초월한 길이라고 할 수 있다. "길 없는 길"은 시간 밖으로 벗어난 길로서 시간으로부터 자유로운 길이다. 그러나 그 길은 시간으로부터 벗어나 있기에 이승의 길이 아니며, 허공으로 이어진 "하늘길"로서 영혼만이 다닐 수 있는 길이다. 그 길은 이승 밖의 저승으로 나 있는 길인 셈이다. 길 밖의 길, 시간 밖의 시간이란 유한한 존재인 인간이 걸어가거나 경험할 수 있는 영역이 아니다. 그것은 시간이 더 이상 흐르지 않는 영역이며, 인간이 걸어갈 수 있는 실존적인 길이 아니다. 유한한 존재인 인간에게 시간은 그러한 영역을 보여주며 "벼랑 끝 허공"과 같은 아득함과 막막함을 느끼도록 한다. 하지만 그렇기 때문에 시간은 더욱 소중한 것인지도 모른다. 시간 밖의 길은 시간의 끝을 보여주며, 길 없는 길을 보여줌으로써 시간 속의 삶이 얼마나 소중한 가치를 지니고 있는지를 반증해주기 때문이다. 따라서 시인에게는 시간 밖으로 벗어나는 것이 아니라 시간 속에서 유한한 시간의 파괴력을 어떻게 순화하고 포용할 것인지가 더욱 중요해진다. 시간 밖으로 벗어나는 것이 아니라 시간 속에서 초월하는 것이 중요한 과제로 부각되는 것이다.

4. 시간 속에서 초월하는 길

네 잎 행운 찾기 위해 세 잎 행복 버렸던가
문밖을 탐하다가 내 안의 등 꺼졌구나
휘황한 세상일들에 두 눈을 뺏긴 날들

올라가면 내려오고 내려오면 올라가는
길 위의 시간들은 뫼비우스 띠 같은 것
마음에 하늘을 들이고 재촉하지 않으련다.
ㅡ「이제 나는」 전문

이 작품은 시간 속에서 초월하는 삶이 어떤 것인지를 보여
주고 있다. 첫째 수에서는 "휘황한 세상일들에" 관심을 뺏앗
겨 정작 중요한 시간 속의 삶에 충실하지 않았던 자신의 삶
을 반성한다. "네 잎 행운"과 "문밖"의 화려하고 자극적인 사
건들에 마음을 뺏앗겨 정작 중요한 "세 잎 행복"과 "내 안의
등"과 같은 일상적이고 내면적인 삶을 등한시했던 지난날의
삶을 반성하고 있는 것이다. 이러한 성찰은 시간 속의 삶을
충실히 살아가는 것이 중요한 과제임을 부각시킨다.
둘째 수에서는 시간 속의 삶에 대한 시적 자아의 태도가

드러나 있다. "길 위의 시간들은 뫼비우스 띠 같은 것"이라는 자각을 통해서 "마음에 하늘을 들이"겠다는 결단을 고백하고 있는 것이다. 길 위의 시간들이 뫼비우스 띠와 같은 것이라는 자각은 '문밖'과 '문 안', '네 잎의 행운'과 '세 잎의 행복'이 결코 선명히 구분될 수 없다는 것, 즉 시간 밖의 삶과 시간 안의 삶이 명백히 구분되지 않는다는 깨달음을 함축하고 있다. 이러한 깨달음은 물론 잔잔한 일상적 삶의 중요성을 각인시키는 효과를 지니고 있다. 문밖의 화려한 비상과 일탈, 그리고 네 잎의 행운과 같은 우연과 축제의 초월적인 삶이 일상의 잔잔한 삶과 안팎의 고리를 이루고 있다는 자각은 반복되는 일상의 기적과 같은 성격에 대한 자각을 내포하고 있기 때문이다.

하지만 더욱 중요한 것은 시간 속의 삶과 시간 밖의 삶이 하나의 안팎을 이루어 "길 위의 시간들"에 하나의 질서를 만들어낸다는 자각이다. 즉 "길 위의 시간들"이 "올라가면 내려오고 내려오면 올라가는" 어떤 규칙과 질서를 이루고 있다는 점을 자각하도록 하고 있는 것이다. 차면 기울고, 기울면 차는 우주의 순환 원리와 같이 "올라가면 내려오고 내려오면 올라가는" 어떤 순환 질서에 의해 "길 위의 시간들"이 지배되고 있다는 자각은 시적 자아로 하여금 악착齷齪에서 벗어나 순리를 받아들이도록 한다. "마음에 하늘을 들이고 재촉하지 않으련다"라는 둘째 수 종장의 다짐은 바로 이러한 시적 자아의 자각과 결단을 반영하고 있다. 시간의 순리를 받아들인 삶의 구체적인 모습은 다음 작품이 보여주고 있다.

> 모난 가슴 다듬으며 일체망상 다 떨군다
> 조각난 부스러기 내 소유가 아닌 것을
> 지천명 지나고서야 이제 겨우 알겠네
>
> 뒷마루에 걸터앉아 석양을 바라보니
> 가는 해 오는 달이 저만치 겉돌아도
> 모난 곳 하나도 없이 둥글어만 보인다.
> ─「기도」전문

이 작품은 "모난" 형상과 '둥근' 형상이 대비를 이루고 있는데, 시적 구도는 전자를 극복하고 후자에 이르는 과정을 강조하고 있다. "모난 가슴"이나 "일체망상", 그리고 "조각난 부스러기" 등은 원만구족한 순리의 삶을 실현하지 못하고 시행착오와 방황을 거듭하던 삶의 과정을 대변해준다. 모나고 부스러진 이미지와 헛된 생각이라는 관념들은 자연과 우주의 순환 질서에 순응하지 못하고 자신의 고유한 삶을 주장하며, 모든 것을 자기 것으로 삼으려 했던 집착과 탐욕의 미성숙한 삶의 자세를 대변해주는 것이다. 하지만 "지천명"이 지난 현재에 이르러 시적 자아는 세상의 일들이 자기 뜻대로 되는 것은 아니며, 자신의 소유로 삼을 수도 없다는 것을 자각한다. 물론 이러한 자각은 세상의 순리에 대한 자각에서 가능해진 것이다. "가는 해 오는 달"이라는 표현이 그러한 세상의 이치를 대변해주고 있다. "올라가면 내려오고 내려오면 올라가는" 이치와 같이 해가 지면 달이 뜨고, 달이 지면 해가 뜨는 우주의 순환 원리를 다시금 확인하고 있는 것이다. 그러한 이치에 대한 자각은 시적 자아로 하여금 세상을 모두 둥글게 보도록 한다. "모난 곳 하나도 없이 둥글어만 보인다"는 둘째 수 종장의 진술은 세상의 순리에 순응한 시적 자아의 변화된 삶의 자세와 태도를 대변해준다. 이러한 자연적 이치의 자각과 순리에 대한 순응의 자세는 다음과 같은 아름다운 시조 작품을 탄생시킨다.

가슴속 회오리처럼 커피 물이 끓는 오후

반쯤 열린 창문으로 햇살이 들어왔다

한마디 말도 없었던 그 사람 발자국처럼

높고 낮은 차별 없이 골고루 밟고 서는

준 것은 이미 잊고 줄 것만을 생각하는

이 몸을 밟고 가시라, 환한 물 흠뻑 들게.
　　―「햇살 발자국」 전문

　　하나의 장을 시의 연처럼 배열하여 여백의 미를 한껏 충족
하고 있다. 시적 전개 또한 들뜨거나 비약하지 않고 고요하
면서도 잔잔하게 진행해 여운의 아름다움을 부여하고 있다.
첫 번째 수의 초장에서 시적 자아는 내면에서 어떤 번민과
고뇌가 들끓고 있음을 "커피 물"을 통해 암시하고 있다. 그때
"반쯤 열린 창문으로 햇살이 들어"온다. 시적 자아는 창문으
로 들어와 "가슴속 회오리"를 위로해주는 그 햇살을 "한마디
말도 없었던 그 사람 발자국"으로 받아들인다. "그 사람 발자
국"은 햇살처럼 "높고 낮은 차별 없이 골고루 밟고 서" 있는
발자국이며, "준 것은 이미 잊고 줄 것만을 생각하는" 발자국
이다. 이러한 발자국이란 내가 소유할 수 있는 나만의 사람

이 지닌 발자국이라기보다는 모든 사람에게 위로와 위안이 되는 어떤 종교적인 존재의 발자국이라 할 수 있다. 혹은 은유적 표현이 함축하고 있는 것처럼 그야말로 온 세상을 따뜻하게 감싸주는 햇살의 발자국이라고 할 수 있을 것이다.

시적 자아는 이처럼 차별 없이 사랑을 베풀어 온 세상을 따뜻하게 감싸주고 아낌없이 줄 것만을 생각하는 햇살 발자국을 인식하자 번뇌의 회오리에서 벗어난다. 그리하여 마지막 장에서 "이 몸을 밟고 가시라, 환한 물 흠뻑 들게"라고 고백하게 된다. 이러한 진술 속에서는 자신의 몸을 한껏 낮추려는 겸손과 겸양의 자세가 함축되어 있으며, 자신의 몸을 환하게 해서 세상을 비추려는 잔잔한 욕망이 숨어 있다. 이러한 아름다운 욕망은 물론 시간에 대한 성찰을 통해 우주의 이치와 세상의 순리를 수용한 시인의 결단이 있었기에 가능한 일일 것이다.

5. 새로운 출발을 위하여

지금까지 우리는 문영순 시인의 세 번째 시조집인 『햇살 발자국』의 작품을 조감해보았다. 실존적 조건에 대한 탐색에서부터 자연적 대상에 대한 시선에서도 시간에 관심이 짙게 투영되어 있음을 확인할 수 있었다. 시간에 대한 관심은 시인이 지니고 있는 시간이 얼마 남아 있지 않다는 현실적 강박관념에서 야기된 것이겠지만, 그것에 대한 성찰은 결코 세속적인 탄식에 그치지 않는다.

시간에 대한 관심은 일차적으로 부식시키고 소멸시키는 시간의 파괴력에 집중되어 있지만, 시간에 대한 고찰이 파괴적인 시간에 대한 성찰에만 머물지는 않는다. 상실과 조락의 원인으로 작용하는 시간 속의 삶에 대한 성찰은 관심을 시간 밖의 삶으로 이끌기도 하지만, 그러한 관심은 시간 속의 삶의 소중함과 가치에 대한 자각으로 승화된다. 그리고 시간 속의 삶에 대한 관심은 시간 속의 초월적 삶에 대한 성찰로 이어지는데, 순환적 원리의 우주적 질서에 대한 자각과 순리에 대한 포용의 삶의 자세가 여기에서 추론된다. 결국 시간 속의 삶이 중요한 것이며, 시간 속의 삶에서 자유를 얻는 것은 시간적 질서의 원리를 체현하는 것이라는 자각에 도달하게 되는 것이다. 이와 같은 시간에 대한 성찰은 시인으로 하여금 아집과 집착에서 벗어나 세상에 동화되며, 세상을 아름답게 비추는 존재로 거듭나는 삶의 태도를 지니도록 한다.

이상에서 요약한 것처럼 이번 시조집에는 시간에 대한 성찰을 통해서 삶의 자세를 다잡아가는 시인의 내면의 무늬가 선명하게 각인되어 있다. 시인은 시집의 서문에서 "마음이란 만 가지 소리로 가득 찬 '만음萬音'이라고 했습니다. 이 소리를 제대로 보는 것, 즉 관음觀音을 위해 정진하는 사람이 어디 수도자뿐이겠습니까. 시인의 길도 마찬가지라는 생각입니다"라고 고백한 바 있다. 앞으로도 시인은 만음萬音에 귀를 기울이는 작업을 계속할 것으로 보인다. 그리고 그러한 과정에서 종교적 성향이 더욱 짙어질 것이라 예상되기도 한다. 시인이 시간 밖의 초월적 세계에 대해서 관심을 경주하더라도 마음의 한쪽은 항상 시간 안의 세계에 두고서 뫼비우스의 띠와 같은 시적 태도를 가졌으면 하는 바람을 피력해본다. 그것이 시간 속의 삶과 시간 밖의 삶에 대한 긴장된 줄타기를 통해서 실존적 인간의 삶의 고뇌를 반영하고 해방의 가능성을 타진해줄 수 있다고 믿기 때문이다.